THE SPIRIT OF LEI FENG

雷锋精神诗画赞

李 俊 著
董建伟 绘

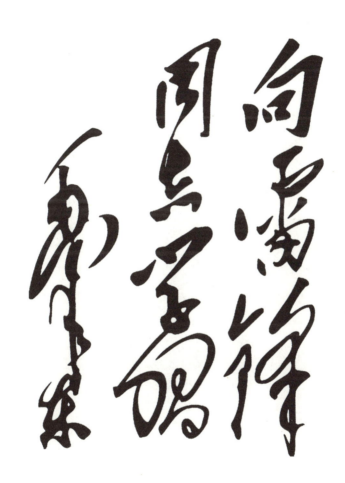

北京联合出版公司
Beijing United Publishing Co.,Ltd.

雷锋颂歌

中央军委联合参谋部原副参谋长　戚建国　上将（书）
中国人民解放军总政治部原副主任　刘振起　上将（画）

寄语

中国人民解放军原总装备部副政委　李栋恒　中将（书）

讲好雷锋故事增强雷锋精神在全世界的影响力

李栋恒书

寄语

中国人民解放军海军原副政委　王登平　中将（书）

雷鋒精神薪火相傳
走進平凡感受崇高

學習雷鋒活動六十周年有感

癸卯春月於京華 豐平

寄语

中共中央宣传部原副部长、中国关心下一代工作委员会常务副主任　胡振民（书）

弘扬雷锋精神

造就时代新人

纪念学习雷锋活动六十周年书

癸卯孟春刘振民书

寄语

国务院原参事、中国红色文化研究会副会长　忽培元　（书）

我们要把雷锋精神的种子广播在祖国大地上

右录习近平同志语纪念毛泽东主席为雷锋同志题词六十周年

癸卯春月忍诸之

寄语

中国人民解放军火箭军某部原副司令员　万忠林　少将（书）

雷锋精神永放光芒

岁在癸卯春月 姜忠林

寄语

中国人民解放军原济南军区空军副参谋长　邱晓光　少将（书）

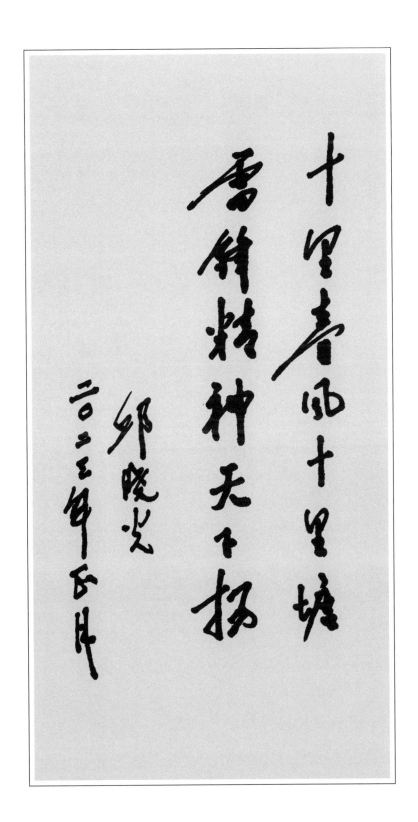

十里春风十里塘

雪铸精神天下扬

邬晓光

二〇二三年正月

寄语

中国人民解放军陆军装甲兵学院原政委、
《雷锋》杂志执行总编辑　杨戈　少将

雷锋精神永恒

雷锋文化长青

雷锋传人远航

何戈

2023.3.5.

寄语

原沈阳军区政治部文化部部长、中国企业文化促进会雷锋文化专业委员会名誉主席、全国学雷锋联盟主席　张贵（书）

做人以厚为本

事业诺飞与龙

二〇二三年 二月十五日

张贵

寄语

中国人民解放军美术书法研究院书法创作委员会委员、
全军学雷锋先进个人　李洪海（书）

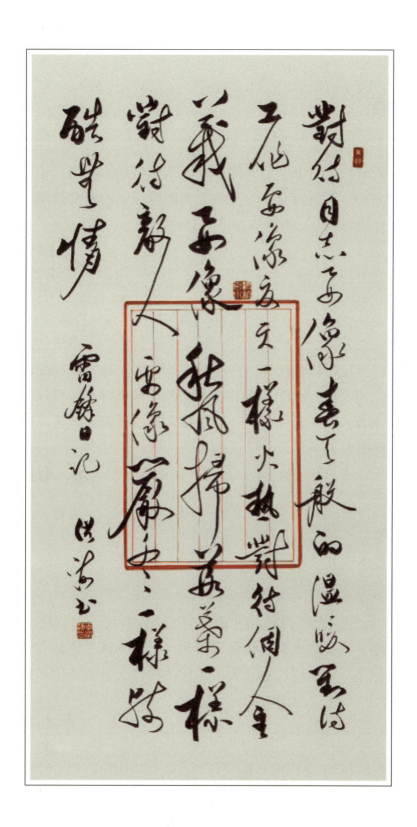

對待同志要象春天般的溫暖，對待

工作要象夏天一樣火熱，對待個人主

義要象秋風掃落葉一樣，對待敵人要象

對待敵人要象嚴冬一樣殘酷無情

雷鋒日記　　　　俊濤書

校长寄语

　　雷锋说："生活中一切大的和好的东西全是由小的、不显眼的东西累积起来的。"教育无小事，我们要把每一天的教育教学工作都当作万里长征的第一步，当作下一个革命的起点。

邱洁苡：深圳市罗湖小学党支部书记、校长，深圳市优秀教师，罗湖区功勋园丁。

　　雷锋，一位时代的楷模，一座时代的灯塔。我们要深刻把握雷锋精神内涵，用实际行动践行雷锋精神。教师像雷锋那样爱岗敬业，做新时代教书育人的"大先生"，学生像雷锋那样做人成才，做合格的社会主义接班人。

魏航英：北京雷锋小学党支部书记、校长。曾获第九届"首都十大教育新闻人物"、课题研究先进个人（国家级）、北京市优秀教育工作者、北京市"紫金杯"优秀班主任、北京市优秀援疆教师、北京市优秀共产党员等荣誉。

　　雷锋，一个闪光的名字，他用短暂的一生，实现了完美的人格升华。作为教育者，我们要大力宣传雷锋精神，其正为孩子们树立"学为人师，行为世范"的榜样作用，为中华民族的伟大复兴作出我们应有的贡献。

李泓霖：广东省深圳市福田区教育科学研究院第二附属小学党支部书记、校长，曾获"中国青年志愿服务金奖""全国学习雷锋、志愿服务先进个人""广东省优秀共产党员"等称号。

目录

序言

在毛泽东等老一辈革命家为雷锋同志题词 60 周年到来之际，习近平总书记作出重要指示强调，雷锋的名字家喻户晓，雷锋的事迹深入人心，雷锋精神滋养着一代代中华儿女的心灵。

雷锋精神是党中央批准中央宣传部梳理的第一批纳入中国共产党人精神谱系的伟大精神之一，是红色文化的重要组成部分。

红色文化就是红色资源的历史沉淀，红色传统的实践记录，红色基因的外化形式，是中国共产党领导全国人民在长期的革命、建设、改革进程中创造的一切精神文化、制度文化、行为文化的总和，是实现中华民族伟大复兴以至实现共产主义远大理想的精神动力和智慧源泉，是我们在纷繁的世界文化背景下建立文化自信的根本依托。

青少年是祖国的未来。向广大青少年进行红色文化教育，是我们义不容辞的社会责任。《雷锋精神诗画赞》一书用诗歌的形式对雷锋精神进行了高度的艺术概括，比较全面地阐释了雷锋精神的基本内涵和实质。本书叙事引人入胜，说理深入浅出，让广大青少年在艺术感性与实践理性的互动中进行自我教育，实现精神升华，引导广大青少年树立崇高理想追求，践行社会主义核心价值观，激发爱党爱国爱社会主义巨大热情，其效果是单纯的课堂教育、书本教育所不能比拟的。这是新时代学雷锋活动不断拓展内容、创新形式、丰富载体的重要尝试。

我们愿与青少年朋友们共勉，共同携手把雷锋精神代代传承下去，为全面建设社会主义现代化国家、全面推进中华民族伟大复兴贡献更多智慧和力量。

施�g'

2023 年 3 月 5 日

寄语

中国人民解放军原总参兵种部政委　田永清　少将

纪念党的九十华诞

贺田永清将军：

总参学雷锋．

将军带头人．

先有孙毅老．

后有田永清．

迟浩田　二○一一年六月三十日

首日封　F.D.C.

邮政编码：

人人都要学雷锋

　　"向雷锋同志学习"伟大号召发出 60 年来，一代又一代中国人积极响应，以实际行动向雷锋同志学习。今天，我们仍然要学习雷锋，雷锋的一生有"三部曲"：在故乡当农民、在鞍钢当工人、在部队当战士，他逐一实现了自己小学毕业时的人生理想：做个"好农民""好工人""好战士"。从他的人生经历中，我们可以学习到雷锋精神的核心——全心全意为人民服务的思想。我们可以从五个方面向雷锋同志学习：感恩、敬业、助人、克己、勤学。

　　雷锋是我们军人的骄傲，当兵要当雷锋那样的兵，每个军人都要像雷锋那样苦练过硬本领，厚实军民鱼水情谊，树立良好军人形象，在人民需要的时候奋勇向前，建功立业。

　　我觉得：做人要做雷锋那样的人，青少年们更应如此，他们会在学习雷锋精神的过程中找到人生的答案……如果我们人人做到知雷锋、爱雷锋、学雷锋、做雷锋，我们的人生就会有厚度、有高度，有大成就，我们这个社会就会充满爱、充满情，充满正能量。

　　我感觉：《雷锋精神诗画赞》这本书，全方位透视了雷锋精神的内涵，图文并茂、诗情画意、充满创新，表现形式利于在青少年中传播雷锋精神，值得推广。

田永清

2023 年 3 月

寄语

全国政协办公厅秘书局原局长　姚平定（书）

雷锋精神代代相传

全国政协　姚平定

一位八旬老者的寄语

　　雷锋是位小战士，但影响很大。14亿中国人没有不知道他的。他不仅在中国影响大，在国际上名气也不小。这是为什么呢？因为他无私地为人民做了很多有益的事。毛主席发出"向雷锋同志学习"的伟大号召已经过去几十年了，每年3月5日是法定的纪念日，我们的各级政府、人民团体、各大媒体，都自觉地组织开展各式各样的纪念活动，这在我国的历史上是非常罕见的。

　　我们的时代里拥有雷锋，这是中国人民的骄傲。雷锋精神是一笔无形的巨大财富，学习雷锋是永恒的话题。雷锋证明了普通人也能变得伟大，他是中国人的一座精神丰碑，是青少年学习崇拜的偶像。时代在变化，历史在前进，中华民族的美德要传承，要发扬。雷锋精神正是内涵丰富的中华美德的精华。

　　几十年来，雷锋精神"润物细无声"地影响着我：它让我的思想意识变得纯粹，政治觉悟不断提高，为人民服务的本领不断增强。我的深刻体会是：认真学习、实践雷锋精神，会让自己的精神世界变得越来越充实，越来越美好。

　　我们的国家从苦难的黑夜走向幸福的黎明，是由数代仁人志士赴汤蹈火、前赴后继拼搏而来的。雷锋是和平时期的英雄楷模，在这六十年里，他影响了一批又一批优秀的中华儿女。我相信，他的精神也会在年轻一代的心中生根，长久地发扬并传承下去。

姚平安

二〇二三年二月十七日

雷锋简介

　　雷锋，1940 年出生于湖南，中国人民解放军战士，全心全意为人民服务的楷模。在党和政府的关怀下读完小学。小学毕业后，回乡做"新式农民"，担任公务员，后到鞍山钢铁厂当工人。1960 年 1 月参军，同年 11 月加入中国共产党。荣立二等功一次、三等功两次，被评为"五好战士""节约标兵""模范共青团员"等，当选为抚顺市第四届人民代表大会代表、党代会代表等。1962 年 8 月 15 日因公殉职。

　　1963 年 3 月 5 日，毛泽东主席发出了"向雷锋同志学习"的伟大号召。雷锋精神影响了后来一代一代的中国人。2021 年 9 月，党中央批准了中央宣传部梳理的第一批纳入中国共产党人精神谱系的伟大精神，"雷锋精神"被列入其中。

雷锋生平一览

一、苦难童年（1940.12.18-1949）

1940年12月18日出生于湖南省望城县安庆乡简家塘一户贫苦农民家庭。家人给他取名"雷正兴"，因这一年系农历"庚辰"年，故给他取乳名"庚伢子"。

解放前，父亲、兄弟、母亲相继含恨离世，1947年秋雷锋成了孤儿。

二、求学（1950-1956.7）

1950年秋入学，在由刘家祠堂改建的龙回塘小学读书。

1952年秋转到上车庙小学就读。

1953年转到向家冲小学，就读三年级。

1954年秋考入清水塘完全小学，就读高小五年级。加入少先队，被选为中队委员。

1955年3月转入荷叶坝完全小学。

1955年9月担任安庆乡宁家冲扫盲夜校的小教员。

1956年7月15日从荷叶坝完全小学毕业。

三、"新式农民"（1956.7-1956.11）

1956年7月，回到农业社生产队务农，担任柳塘湾生产队记工员。

1956年8月担任乡政府通信员，仍兼任柳塘湾生产队记工员。

1956年8月作为"秋征助理员"协助乡干部做征收公粮的工作。

四、公务员（1956.11-1958.11）

1956 年 11 月 17 日到望城县委当公务员。

1957 年 1 月进入县委机关开办的干部业余文化补习学校初中班学习，顺利完成初中学业。

1957 年 2 月 8 日光荣加入中国新民主主义青年团（后更名为"中国共产主义青年团"，即"共青团"）。

1957 年秋担任望城县治沩工程指挥部通信员。

1958 年望城县委决定开办团山湖农场，号召全县共青团员和青少年捐资购置一台拖拉机，向农场献礼。雷锋积极响应捐款二十元，成为全县青少年中捐款最多的一个。县委决定派雷锋学开拖拉机，雷锋学会了开拖拉机，成为望城县第一批拖拉机手。

五、鞍钢工人（1958.11-1959.12）

1958 年 10 月下旬报名去鞍钢当工人，将名字改为"雷锋"。

1958 年 11 月 15 日到鞍山钢铁厂工作。之后被分配在鞍钢化工总厂洗煤车间当推土机手。

1959 年 8 月 20 日到弓长岭矿山支援新建焦化厂工作。

六、军人（1960.1.8-1962.8.15）

1960 年 1 月 8 日入伍。

1960 年 3 月新兵连训练结束后，被分配到工程兵十团运输连当汽车兵。

1960 年 8 月参加上寺水库抗洪抢险，带病连续奋战七天七夜，表现突出，团党委为雷锋记三等功一次。

1960 年 11 月 8 日加入中国共产党。

1961 年 5 月 14 日被提升为运输连四班副班长。

1961 年 5 月 26 日当选为抚顺市第四届人民代表大会代表。

1961 年 8 月被提拔为运输连四班班长。

1962 年 1 月 27 日晋升为中士军衔。

1962 年 5 月 28 日被共青团抚顺市委授予"少先队优秀辅导员"称号。

1962 年 8 月 15 日因公牺牲，年仅 22 岁。

第一章

爱国精神篇
——到祖国最需要的地方去

雷锋精神内涵·爱国精神

　　一个人一旦拥有了爱国之心，便拥有了强大的精神力量，足以释放无穷能量。个人与国家是相互依存、相互支持的关系，个人需要国家的保护、支持与服务，而国家也需要个人的建设、维护与完善，爱国是一种美好的情感，也是我们对国家责任感的体现。在爱国方面，雷锋为我们做出了很好的榜样。

　　做扫盲教员、"新式农民"、秋征助理、通讯员、校外辅导员、当拖拉机手、推土机手、炼钢工人、人民解放军战士……雷锋每次身份的转变都与当时国家发展的需要息息相关。雷锋热爱祖国，始终听从祖国的召唤，体谅国家的困难，服从国家的需要，争分夺秒为国家建设出力流汗，把自己的人生理想与祖国的建设发展紧密结合起来，将自己的一生都投入到祖国的社会主义建设大业中去。

到祖国最需要的地方去

每一滴水,

都热爱奔腾的江河。

每一只鸟儿,

都热爱辽阔的天空。

每一个人,

都热爱自己的祖国。

这份爱不是靠语言四方传诵,

这份爱要靠脚踏实地去履行。

爱国就要为祖国做出贡献,

雷锋就是热爱祖国的楷模。

到祖国最需要的地方去,

雷锋一直都这么想这么做。

到祖国最需要的地方去

中华人民共和国成立之初，

部分人民的识字率还不高。

国家急需一批扫盲的老师，

雷锋找到了乡长毛遂自荐。

高小快毕业的"小先生"教乡亲认字，

雷锋善教的美名传遍十里八乡。

他小小的个子大大的能量，

"模范教员"的荣誉拿得妥当。

19

到祖国最需要的地方去

当时的祖国防汛形势严峻，

群众饱受洪水泛滥的折磨。

国家急需兴修水利，

尽快驯服条条"害河"。

筑坝治理望城县的沩水，

上万人大会战干得火热。

县委工作的雷锋申请去工地干活，

书记看他年轻瘦弱就总也舍不得。

三番五次请求都没获准，

他就请友人去领导面前当当说客。

如愿来到"治沩"一线，

雷锋马上努力地工作。

到祖国最需要的地方去

冬天的工地异常寒冷，

筑坝的土块都冻成了冰坨。

一丝不苟的雷锋检查夯土，

发现土层不实的安全隐患。

总指挥采纳他"返工重修"的建议，

雷锋是连夜奋战最苦最累的一个。

工友的赞誉和领导的认可，

雷锋用辛劳和汗水获得。

到祖国最需要的地方去

工业是国家的命脉，

钢铁是国家的脊梁。

1958 年的中国建设，

急需大批优质钢材。

鞍钢是全国最大的钢铁厂，

招工扩产集结号立刻吹响。

雷锋舍弃优厚的公务员待遇，

毅然辞职北上争着去当工人。

服从分配没去心仪的炼钢炉岗，

他开推土机运送炼钢炉的"食粮"。

到祖国最需要的地方去

从新进的学徒到合格的工人，

他用四个月完成本需一年的成长。

从"生产标兵"到"车间红旗手"，

他用业绩阐释"先进生产者"的荣光。

为了满足供应全国用钢的需要，

鞍钢要在弓长岭建设新的焦化厂。

雷锋第一个举手报名，

毫不畏惧艰苦和荒凉。

每天一半时间在奋力推煤，

还有一半时间在挥汗炼钢。

为省时雷锋带被褥到车间里睡，

展示出骨干工人有多拼有多强。

到祖国最需要的地方去

军队是国家安全的保障，

征兵的任务下达到辽阳。

终于克服重重困难参军入伍，

雷锋实现了保卫祖国的梦想。

当兵就当"最可爱的人"，

雷锋的可爱不仅是一身的戎装。

多才多艺的他发挥文艺特长，

爱惜公物的他把汽车擦得锃亮。

火车上他当服务员不嫌脏累，

工地上他义务运砖热汗流淌。

国家号召要"忆苦思甜"，

他努力做报告马不停蹄。

学校需要"校外辅导员"，

他全心投入被团中央表扬。

到祖国最需要的地方去

爱国要爱在行动上，

爱国就到祖国最需要的地方去。

雷锋每次身份的转变，

都是因为纯粹的爱国心。

爱国就要为祖国思量，

祖国有困难个人就要去担当。

爱国就做祖国的建设者，

把成长足迹印在祖国发展的道路上。

为人民服务

第二章

爱党精神篇
——爱党就要跟党走

雷锋精神内涵·爱党精神

　　雷锋年幼时饱受苦难，是共产党向他伸出了援手，给他住处，供他上学，让他吃饱穿暖。这份恩情，雷锋一直记在心间。他说："我就长着一个心眼，我一心向着党，向着社会主义，向着共产主义。"这是雷锋的崇高理想和坚定信念的鲜明表达。雷锋一辈子为党和人民奋斗，没有崇高的理想和坚定的信念是做不到的。

　　雷锋把自己的一生都奉献给了党，他的人生选择与取得的成绩都与国家发展的方针息息相关。他把个人融入到了祖国发展与党的事业中，为全国人民做出了示范。

爱党就要跟党走

"唱支山歌给党听，

我把党来比母亲；

母亲只生了我的身，

党的光辉照我心。"

在雷锋的日记本上，

这几行字意切情真。

爱党就要跟党走

回想那个黑暗的旧社会，

雷锋成为孤儿还不满七岁。

流浪要饭总饿着肚子，

又困又累随地躺倒就睡。

夏天蚊子咬得睡不着，

冬天冷风冻得难入睡。

没鞋帽，没有衣服穿，

捡块麻袋片就往身上围。

幸亏救星共产党，

带雷锋逃离万恶的旧社会。

爱党就要跟党走

打倒土豪和地主，

分得粮食田地多宝贵。

分到茅草屋两间半，

床、锅、蚊帐、衣服、箱子真完备。

乡长亲自把雷锋送进学堂，

免收了雷锋学费和书本费。

风霜侵袭下长出的"苦苗苗"，

在党的关怀下长成幸福的蓓蕾。

吃穿住用、上学、工作和荣誉，

党的温暖让雷锋拥有了一切。

爱党不忘党的恩，

雷锋用一生报答党恩回馈社会。

爱党就要跟党走

爱党就听党的话，

积极响应去行动。

国家处于困难时期，

增产节约、艰苦奋斗是党的号召。

农村长大的雷锋懂得种粮的诀窍：

庄稼生长都需要充足的肥料。

雷锋放弃过年休息的机会，

找来推车、粪筐和铁锹。

捡拾散落四处的牛羊粪，

周围环境变好让人喜上眉梢。

爱党就要跟党走

"军人同志过节也不休息吗？"

大爷看见他不禁惊奇地问道。

捡粪支援农业，争取今年丰收，

雷锋称为了响应党和政府的号召。

毅然谢绝进屋歇息的邀请，

走街串巷继续一天的辛劳。

满满一车粪送给人民公社，

农民伯伯竖起拇指欣然微笑。

爱党就要跟党走

爱党就要加入党，
爱党为党做贡献。
"党的需要就是我的志愿"，
雷锋决心做名真正的共产党员。
他深入自学党史书籍手不释卷，
他牢固树立共产主义理想信念。
他用实际行动影响和帮助别人，
他以身作则彰显共产党员风范。
入党后的雷锋感觉眼前一亮，
思想更加高尚意志更加坚强。
全心全意为人民服务，
是他坚定不移的共产主义信仰。

爱党就要跟党走，
党的教导记心间。
从少先队员到团员再到党员，
雷锋的成长总有党的引领相伴。
小小年纪小小个子，
在工农兵三条战线上都是先进分子。
在党的温暖怀抱中茁壮成长的雷锋，
用骄人的成绩为党的事业添砖加瓦，
将青春奉献给崇高理想和坚定信念。

爱党就要跟党走

翻开雷锋留下的一百多篇日记，

党的名字被他反复地提起。

回望雷锋二十二年的人生经历，

爱党为民体现在每一步足迹。

他说自己每个细胞都渗透了党的血液，

他对党的忠诚与热爱值得每个人学习。

他说"党的恩情永远也报答不完"，

他是共产党员永不倒下的一面红旗。

第三章

服务人民精神篇
——他是人民勤务员

雷锋精神内涵·服务人民精神

　　雷锋一生始终坚持人民利益至上，以服务人民为最大幸福，以帮助他人为最大快乐，这种服务人民、助人为乐的奉献精神是为人民服务人生观的重要体现。

　　雷锋是一个平凡的人，并没有高大的身材和超人的力气，但是他宁可自己吃苦受累，也愿无私帮助别人。雷锋在日记中写道："人的生命是有限的，可是，为人民服务是无限的，我要把有限的生命，投入到无限的为人民服务之中去。"雷锋正是用一件件平凡的小事成就了不平凡的人生，用矢志不渝的坚守筑起了中华民族的道德坐标，在多年后的今天，依然使我们感动。雷锋的服务人民精神是一种公认的崇高品质，它涤荡人们心中的私心杂念和沉渣污垢，培养人的浩然正气，体现了崇高的价值取向和人生追求。

他是人民勤务员

无论走到哪里，

无论什么时间，

雷锋与人民群众，

一直是骨肉相连。

他说"你崇高的行为就是献身于为人民服务"，

他说"人民的困难，就是我的困难"。

他是人民勤务员

十六岁的雷锋刚进县委机关，

每天工作在县委张书记的身边。

虽然是新人他一直很勤恳，

工作再忙碌也没一句怨言。

雷锋从没有摆过什么架子，

无论接待谁都是笑容满面。

下班的路上突然刮起了大风，

村民晾晒的衣服被吹落路边。

雷锋默默地走过去拾起衣服，

一件件抻拉平整帮搭回竹竿。

雷锋为不相识的陌生人做事，

就像做自己的事情一样自然。

也许有人觉得这事过于平凡，

总坚持做平凡的事就不简单。

他是人民勤务员

张书记就像一位慈爱的父亲，

给雷锋思想启迪和生活温暖。

怎样干工作他倾情讲述，

怎样为人民他亲身示范。

真诚细致的教诲让雷锋受益多，

服务人民的启发让雷锋更先进。

他是人民勤务员

爱民就要有为民服务的本领，

雷锋经常跑去书店滋养心灵。

读不懂的地方向别人请教，

读得懂的好书总手不释卷。

报名参加夜校的学习，

几个月他就把初中功课学完。

给每个办公室打开水他包揽，

天亮就独自把大院积雪铲完。

替生病的同事去寻医买药，

向买不起猪崽的农民捐款。

为人民服务的决心不仅表现在行动，

还流露在雷锋日记的字里行间。

他为人民服务做到表里如一，

从没有因为困难而发生动摇。

他是人民勤务员

团山湖农场一共有五个场区，

发通知捎口信都靠步行高喊。

雷锋将这个任务主动揽下，

想法解决群众生活的不便。

自从农场里有了拖拉机，

马儿就"下岗"变清闲。

年轻人都想潇洒地骑马，

一个个被摔得灰头土脸。

雷锋就向马倌请教骑马诀窍，

原来是先要与马儿沟通情感。

雷锋每天牵马儿吃草、饮水，

给马儿洗澡、梳毛、抚摸马儿的脸。

马儿见了雷锋就亲近温驯，

雷锋学会骑马是自然而然。

骑着马儿去送信多么方便威武，

群众都夸这位帅气的共青团员。

他是人民勤务员

参军后的雷锋珍惜军民鱼水情谊，

总是把人民群众的利益记在心间。

每次出差上了火车以后，

雷锋就成了不知疲倦的服务员——

整理好行李架确保安全，

把座位让给年迈的老人，

帮不方便的妇女抱孩子，

帮下车的旅客报告站点，

给乘客倒水递东西不嫌麻烦，

擦玻璃扫地面直干得满头汗。

他是人民勤务员

那是一九六二年的寒冷二月，

雷锋率车队执行任务宿营在山村。

乡亲们热情邀请他们住到家里，

雷锋却先挨家挨户地问寒问暖。

发现村民们自己住得并不算宽敞，

还要腾出暖炕给解放军提供方便。

雷锋说："群众越是关心我们，

我们越要体谅群众的困难。"

吃苦也要住在村外的帐篷，

绝不安心享受百姓的奉献。

一面完成运输任务，

一面做好群众工作。

空闲时帮村民挑水扫院干农活，

山村里展现出拥军爱民的画面。

他是人民勤务员

雷锋总是心系着人民，

人民也将他记在心间。

听闻雷锋因公殉职的噩耗，

无数百姓心中如晴天霹雳。

多少人想起他曾为人民奔忙的身影，

他为群众服务的笑容总在眼前浮现。

得知再也见不到亲爱的雷锋叔叔了，

学生悲痛的哭喊声如撕心裂肺一般。

白发苍苍的烈属张大妈一夜未眠，

亲手将写下的祭文送到吊唁堂前。

工人、农民、军人、学生，无论男女老少，

自发会集到送别雷锋的道路两边。

现场满是人民的泪水和哀叹，

多么不舍、多么惋惜、多么不甘！

人们挥手送别一位曾经的勤务员，

人们心中站起一位永不倒下的模范。

他是人民勤务员

雷锋说自己是劳苦大众中的一员，

最幸福的就是能帮人民克服困难。

不管他自己的身份职位如何变化，

人民在他心目中的地位一直没变。

"做人民最忠实的勤务员"，

他用一生履行了自己的诺言。

"做一个有益于人民的人"，

他用实践实现了自己的心愿。

第四章

助人精神篇
——助人是他的习惯

雷锋精神内涵·助人精神

　　雷锋一生助人无数，却从未要求过什么回报。我们常说"勿以善小而不为"，而雷锋就做到了这一点。他一生把帮助别人当作自己最大的快乐，无论大事小情，总是热心帮助每一个遇到困难的人。

　　学习雷锋服务人民、助人为乐的奉献精神，就是要始终牢记人民是历史的创造者，群众是真正的英雄，任何时候都不能忘记"我是谁、为了谁、依靠谁"，真正把人民放在心中最高位置，真正与人民结合在一起。在以人民为中心的思想主题下身体力行，与人民风雨同舟、血脉相通、生死与共，服务人民、助人为乐，做一个有益于人民的人。雷锋在短短的二十二年人生中，把助人当作了习惯。这种崇高的精神，值得每个人学习。

助人是他的习惯

有人的快乐源于荣誉金钱,

有人的快乐需要一顿美餐,

有人的快乐基于满足自我,

有人的快乐因为愿望实现。

雷锋的快乐来自什么?

帮助别人解决困难。

助人是他的习惯

雷锋上学的学校路途遥远，

每天黎明就要动身往学校赶。

他总是第一个走进教室，

整桌凳、抹窗户、擦黑板。

他习惯于帮助大家做事，

为同学们出份力很乐意。

上学必经一座简陋的板桥，

窄窄的桥上没有扶手栏杆。

年纪小的同学不敢过桥，

雷锋就把他们背到对岸。

放下一个再回去背另一个，

雷锋帮人从不怕累不嫌烦。

看着小同学灿烂的笑脸，

雷锋心里感觉比蜜还甜。

助人是他的习惯

有一天雷锋在沈阳火车站换车，

看见一个背孩子的妇女正犯难。

上前一问才知道，

原来是车票和钱都丢了心很急。

大家都说别急再找找，

妇女把衣袋翻了个底朝天，

眼看火车将开动，

车票依然找不见。

实在没有再买车票的钱，

妇女着急流泪不知所措。

雷锋赶紧替她买好车票，

将她和孩子送进了车站。

妇女含泪央求着雷锋：

"把你姓名单位告诉俺。"

雷锋笑着不回答。

"我得还你买票的钱。"

眼看要耽误上火车，

雷锋这才赶紧答：

"我叫解放军，住在中国。"

雷锋就是这样雪中送炭。

助人是他的习惯

那是一个下午突然下雨，

雷锋刚把汽车擦拭保养。

见路上一位大嫂带俩孩子，

肩上背两个大包行走艰难。

雷锋急忙主动上前询问，

原来是探亲下车往家赶。

家住十里路以外，

眼看天色已傍晚，

身心疲惫又着急。

雷锋赶紧来帮忙，

拿件雨衣给大嫂。

转身抱起小孩子，

接过背包走在前。

半路上小孩子冷得直发抖，

雷锋忙脱军衣给他来御寒。

一步一滑走了近两小时，

终于将她们送到家门前。

大嫂感激的话语刚说完，

雷锋就走进风雨往回赶。

助人是他的习惯

那是一个冬天的早晨，

雷锋乘火车到兄弟部队做报告，

下车后北风刺骨寒气逼人。

雷锋见一位老奶奶没戴手套，

捂嘴哈气来暖那双冰冷的手。

雷锋立即脱手套送给她，

老人家眼含热泪望雷锋，

激动的话语早已说不出。

雷锋双手冻得像针扎，

心中却有浓浓暖意流。

助人是他的习惯

一个没有外出的星期天，

雷锋给班里同志洗了五床褥单，

帮战友补好了一床被子，

再和炊事班一起洗了六百多斤白菜。

打扫了室内外的卫生，

还做了零碎事很多件。

战友问谁帮他换了破被子，

雷锋装作自己不知道答案。

不管身处何时何地，

雷锋做好事总成习惯。

助人是他的习惯

雷锋学理发不是为了出去挣钱。

有空帮别人免费理发，

义务劳动一做就几年。

火车上的雷锋不知疲倦，

服务乘客的事情主动干。

都说"雷锋出差一千里，

好事做了一火车"，这是实言。

雷锋说："自己累一点算不了什么，

只要大家多得些方便。"

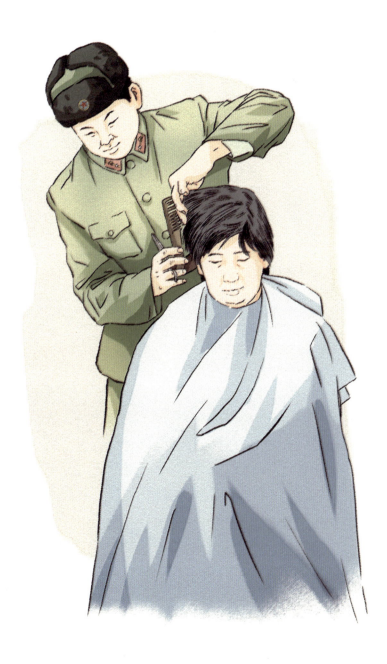

助人是他的习惯

多做日常平凡的小事,

别把漂亮话总挂嘴边。

当一名无名英雄最光荣,

做好事不留名也无须感念。

做一件好事其实不算难,

一辈子做好事才不简单。

助人为乐是一种崇高品德,

雷锋就是乐于助人的典范。

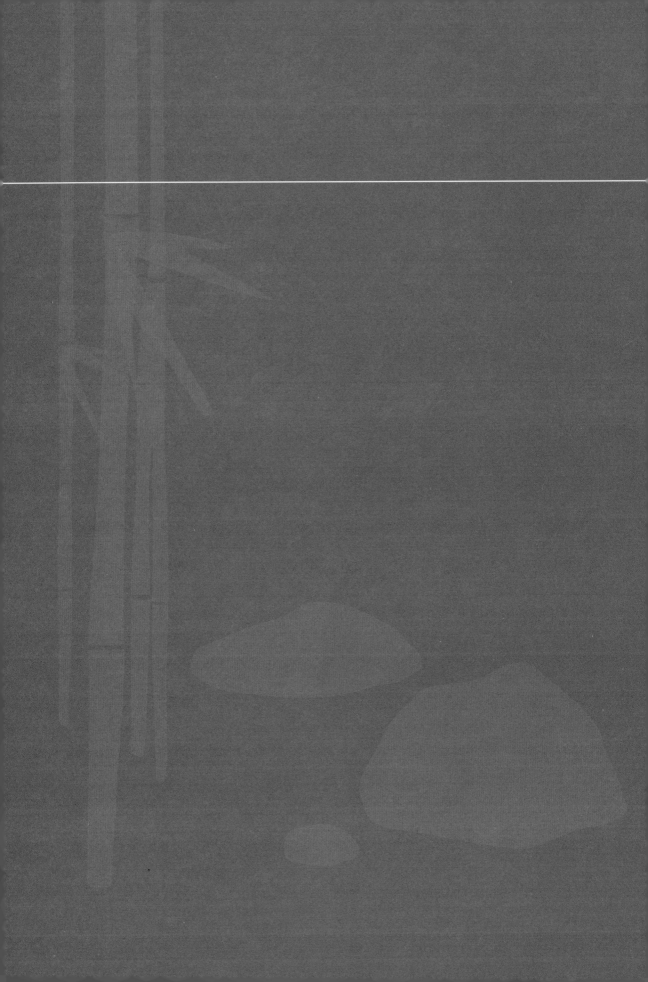

第五章

螺丝钉精神篇
——永不生锈螺丝钉

雷锋精神内涵·螺丝钉精神

　　雷锋在多个岗位上奋斗过，先后当过通讯员、拖拉机手、推土机手、汽车兵，但不论做什么工作他总是发扬"螺丝钉精神"，做到干一行热爱一行、干一行精通一行，这种工匠精神和职业品德无论在任何时代都是必要的。他说："我一定要更好地听从党的教导，党叫我干什么，我就干什么，决不讲价钱。"这是雷锋敬业精神最形象的表达，代表了一种顾全大局、为集体负责的精神。

永不生锈螺丝钉

雷锋的"螺丝钉精神"，

要从路边的一枚小螺钉说起。

那时的雷锋和我们一样，

还是一个活泼好动的少年。

一天他和县委的张书记外出，

看见一枚小小螺钉躺在路边。

雷锋一脚踢走了螺钉，

张书记见此默不作声。

弯腰捡起螺钉看了又看，

擦去灰尘装进衣袋里边。

雷锋觉得不解又新鲜，

几天后书记给出了答案。

永不生锈螺丝钉

书记派雷锋送信到机械厂，

掏出螺钉放在雷锋手里面。

"顺便把这个交给厂长，

让它发挥作用在工厂车间。

别看它很小很不起眼，

机器缺它就不能运转。

就像我们这县委机关，

每个人都有自己的事干，

需要有我这样的老同志，

也不能缺少你这样的年轻人。"

书记的话让雷锋深受触动，

常思常想提高了个人觉悟，

"螺丝钉精神"从此扎根心田。

永不生锈螺丝钉

县委里干部职工一起上班，

工作和待遇不同自然而然。

有的同志满腹牢骚，

雷锋听到很多抱怨。

雷锋总是劝导他们：

"分工不同没什么高低贵贱，

干部开会，军人戍边，

工人做工，农民种田。

干啥都是为人民服务，

每个人都在为祖国建设明天。

这就好比每个人都是螺钉，

缺了谁都不能让机器运转。

即便是一个螺钉没有拧紧，

生点锈都会让大机器瘫痪。

再好的螺钉离开机器整体，

也只能当成废品丢在一边。

干啥都得要把它干好，

思想上要有大局观念。"

同事们听得心服口服，

一个个从此埋头苦干。

永不生锈螺丝钉

道理不能只讲给别人，

自己更要能做出表率。

雷锋辞去了待遇优渥的公务员，

志愿当工人就想献身钢铁事业。

走进鞍钢参观完厂房，

他对炼钢炉特别迷恋。

出于对建设祖国的向往，

填报了去炼钢炉的志愿。

永不生锈螺丝钉

工种分配结果出乎意料，

雷锋被分到了洗煤车间。

"我来这是为祖国炼钢的。"

雷锋向领导提出意见。

"炼钢先要把煤炼成焦炭，

焦炭就像炼钢炉要吃的米饭。

你有开拖拉机的经验，

学开推土机就很简单。

推煤和炼钢同样重要，

都是为祖国事业做贡献。

鞍钢就像一台巨大的机器，

工人像机器上的每个零件。

不同岗位要互相配合，

齐心协力才能把梦想实现。"

雷锋听了不住地点头，

保证服从分工无须调换。

"当一颗永不生锈的螺丝钉"，

雷锋心中暗暗立下誓言。

永不生锈螺丝钉

参军一直是雷锋的梦想，

几经周折终于实现夙愿。

结束艰苦的新兵训练，

雷锋被分配到运输连。

晚会上朗诵完自己写的诗歌，

畅想着驾驶汽车手握方向盘。

谁料下连不久被调去演出队，

雷锋服从命令心中毫无怨言。

一个人要演多个节目，

演出队没有很多演员。

雷锋承担起好几个演出任务，

背台词练动作都忘记了吃饭。

永不生锈螺丝钉

经过了不分昼夜的苦练，

他将所有台词牢记心间。

大家合在一起排练之后，

才发现雷锋改不掉方言。

演出效果难以保障咋办，

大伙儿一时间全都犯难。

如果换掉雷锋这个演员，

就枉费他辛苦这么多天。

领导谨慎地找雷锋谈话，

委婉表达他不适合参演。

想请他转岗去做个剧务，

负责道具、卫生、烧水与送饭。

没想到雷锋爽快地一口就答应，

因为他明白后勤也是演出工作的一环。

演出成功大家一起分享喜悦，

都不忘雷锋忙前跑后的贡献。

永不生锈螺丝钉

雷锋常想自己就是螺丝钉，

拧到哪里都不能松懈抱怨。

要经常清洗自身的污垢，

保持好不生锈迹的信念。

干什么都是工作的需要，

能干好能干成就不平凡。

是金子放哪里都会闪闪发光，

而雷锋到哪里都经得起考验。

第六章

忘我精神篇
——忘我境界最难得

雷锋精神内涵·忘我精神

　　"忘我"是一种难得的状态，往往代表了专注热忱的工作态度，公而忘私的奉献精神。无论是在工作中还是在生活中，雷锋总有一种无穷的动力，就是要钻进去、吃透它，通过学习钻研，不断地丰富和提升自己。忘我劳动是雷锋的工作态度——在多个行业、多种岗位，他不怕苦、不怕累，干一行、爱一行、钻一行，忘我地、全心全意地投入到社会主义新中国的建设之中。

　　在雷锋身上这种可贵的忘我精神，正展现了雷锋大公无私的奉献精神、公而忘私的宽广胸怀和全身心投入的工作与学习热情，让人动容。

忘我境界最难得

一个人对理想矢志不渝，

就可以达到忘我的境界。

一个人的心里只有自己，

迟早会被这个世界遗忘。

一个人心里总有别人，

人们就不会把他忘记。

雷锋无私忘我的精神，

给我们留下宝贵启迪。

忘我境界最难得

雷锋上小学就非常喜欢表演，

每次上台都展现出他的才艺。

有一次两所学校打算进行联演，

雷锋所在的学校排了一出哑剧：

讲一位老渔民在海边捕鱼，

却被残忍的鬼子无情抓捕。

他的女儿为了救出父亲，

不幸遭到了鬼子的调戏。

小渔女奋力逃出魔爪后，

投奔到游击队奋勇杀敌。

眼看就要到演出的日子，

小渔女演员却意外缺席。

老师急得像那热锅上的蚂蚁，

雷锋主动站出来说愿意接替。

男扮女装的演出非常成功，

雷锋为学校成功赢得荣誉。

有同学模仿他"渔女"的样子，

有同学嘲笑他化妆后的口鼻。

为救场被戏谑算不了什么，

雷锋深知大局为重的道理。

忘我境界最难得

在弓长岭焦化厂的工地上，

一个伸手不见五指的夜里，

辛苦劳累一天的工友们纷纷睡去，

雷锋到车间调度室"借光"看书。

忘我境界最难得

时间就这样悄悄地过去，

忽发现窗外下起了大雨。

调度员惊呼："大事不好！

工地上还有七千二百袋水泥。"

水泥一旦淋雨就只能报废，

巨大的财产损失非同儿戏。

调度员急得一时手足无措，

雷锋连忙用自己的被子和衣服，

抢先盖住码放在一起的水泥上。

然后他又跑到宿舍叫醒工友们，

大家有的找雨布、有的找芦席，

抓紧时间盖的盖，抬的抬，

风雨中的抢险战斗紧张而有序。

看着衣被弄脏得不成样子，

再看看被保护完好的水泥，

伴着冷雨、凉风和寒意，

雷锋冷在身上却暖在心里。

个人的辛苦与付出何足挂齿，

只要能保住国家集体的利益。

忘我境界最难得

一个人对待金钱的态度，

能反映思想觉悟的高低。

幼时受过穷吃过苦的雷锋，

更懂得金钱对于生命的意义。

团县委号召捐款买拖拉机，

雷锋拿出参加工作后的积蓄。

全县捐款数额雷锋排第一，

支援农业建设他真心实意。

战友家里来信说经济困难，

父亲生病却偏偏无钱可寄。

发现战友几天都愁眉苦脸，

细心的雷锋渐渐摸清底细。

雷锋暗地里拿出他的积蓄，

按地址替战友寄回到家里。

不久后战友又收到了家信，

说收到钱买了药病有转机。

叫他安心在部队好好服役，

不需要总操心常挂念家里。

战友好不容易弄清了原委，

对雷锋充满了无限的感激。

可以花钱让自己吃得更好，

可以花钱去买体面的新衣。

但雷锋不愿让自己去享受，

总愿为他人的困难而操心。

忘我境界最难得

一场突如其来的洪灾，

把许多生命和财产夺去。

本就穷困的辽阳望花区，

又一次遭受沉重的打击。

雷锋二百零三元的存款，

是他几年积攒的全部积蓄，

一百捐给望花区人民公社，

一百连同慰问信捐给灾民：

"这是我对乡亲们的一点心意。"

政府退还了捐款表扬了雷锋：

"这灾害对每家都造成了损失，

请把钱拿回去留给自己家里。"

雷锋看完信不由得心潮澎湃，

"我没有自己的家，

我的家就是祖国大地。

我父母兄弟都已去世，

灾民就是我父母和姐妹兄弟。

希望每一位亲人都平安无事。"

忘我境界最难得

盛夏里舍不得买一瓶汽水，

冬天里舍不得添一件新衣。

破袜子补了多次还继续穿，

搪瓷缸掉瓷生锈还不丢弃。

为他人雷锋总是慷慨解囊，

为自己他总愿意节衣缩食。

第七章

钉子精神篇
——"小钉子"有大神奇

第七章　钉子精神篇——"小钉子"有大神奇

雷锋精神内涵·钉子精神

　　雷锋在日记里对"钉子精神"是这样解释的："一块好好的木板，上面一个眼也没有，但钉子为什么能钉进去呢？这就是靠压力硬挤进去的，硬钻进去的。由此看来，钉子有两个长处：一个是挤劲，一个是钻劲。我们在学习上，也要提倡这种'钉子'精神，善于挤和善于钻。"具体来说，"钉子精神"就是在学习和工作中要善于挤时间，做到肯钻研。在新时代我们学习雷锋的"钉子精神"，就是要努力以钉子的"挤"劲和"钻"劲，在岗位上脚踏实地为中国特色社会主义事业添砖加瓦。

"小钉子"有大神奇

要想工作好就得努力学习，

这就好比点灯添油的道理。

只有不断添油灯才会更加明亮，

只有不断学习人才会提高自己。

"小钉子"有大神奇

小学毕业后的雷锋，

一刻也没停止学习。

国内外的文学作品，

四卷的《毛泽东选集》，

他边读边写笔记，

他边看边做旁批。

钻研的力量有了显著的效果，

雷锋写文章做报告让人着迷。

怎样靠学习提升自己，

雷锋的回答全在行动。

"小钉子"有大神奇

一块好好的木板，

并没有孔洞缝隙。

一颗普通的钉子，

却可以进入到木板里。

钉子靠的是什么力量？

就靠压力之下的"钻"和"挤"。

我们要学钉子的精神，

把钻劲挤劲都用于学习。

别说你忙没有时间，

只要做好时间的管理。

雷锋的工作之余，

生活得很有规律。

早起用一小时读书，

晚睡花一小时学习，

饭前、饭后、散步、排队……

抓住时间的点点滴滴。

把走路改成小跑，

缩短的时间就是结余。

做事情动作麻利，

省出的时间也能收集。

"小钉子"有大神奇

钉子精神不单单靠会"挤"，

能"钻"也是特别地重要。

雷锋在鞍钢开的推土机，

是国外进口的 C-80 大机器，

跟着师傅学习了数个月，

雷锋就学懂了操作原理。

"小钉子"有大神奇

一天正在推煤作业，

推土机突然熄火停机。

打不着火就开不上来，

没有动力也退不回去。

用吊车拖回到平地，

一开机又恢复活力。

看起来不是机器故障，

发动机也没什么问题。

再推煤上坡到一半，

又熄火没有了声息。

一帮人修理了几天，

谁也没搞清楚是什么问题。

为了不影响正常生产，

只好改用"笨办法"——人力。

几十人都拿着煤筐，

装的装，提的提，倒的倒，递的递。

煤尘呛得人喘不过来气，

几十人都累得瘫倒成泥。

雷锋像钉子铆足劲钻研，

看图纸找书籍苦思不倦。

熬得雷锋眼睛红嗓子哑，

终于从书上找到了答案。

推土机爬坡超负荷运转，

气缸里油气就改变比例。

只要改进操作机器的方法，

发动机就不会突然失去动力。

雷锋解决了技术上的难题，

都是靠钻研创造出的成绩。

"小钉子"有大神奇

雷锋总是"钻"总是"挤",

他懂得钉子精神的真谛。

分配到运输连的第一个月,

雷锋被抽调到演出队里。

别人已开始学汽车的驾驶,

他还没学习到汽车的原理。

缺的课要自己想办法补上,

雷锋就挤时间刻苦学习。

场地上一旦有空车,

他就抓紧把机件熟悉。

"小钉子"有大神奇

连里面人多车少，

影响到实操练习。

雷锋就对照着图纸，

找一些废旧的东西，

做一个驾驶台模型，

大家做驾车的模拟。

踏离合，挂挡位，踩油门，

手、眼、脚配合好注意力。

大家再也不用排队去练车，

模拟机可以做同样的练习。

雷锋做梦都在练习着开车，

经常会把被子蹬落在地。

挤时间爱钻研的雷锋，

练就一身过硬的技艺。

连队考核新兵驾驶，

雷锋后来居上成绩优异。

"小钉子"有大神奇

不怕没时间学习，

只要平常善于"挤"。

不怕困难有多大，

只要钻研就能解决问题。

雷锋总结的"钉子精神"，

伴随他整个人生经历。

思想和能力逐步提升，

他在每个岗位都能书写传奇。

第八章

拼搏精神篇
　　——该拼时候必须拼

雷锋精神内涵·拼搏精神

　　雷锋说："我愿做高山岩石之松，不做湖岸河旁之柳。我愿在暴风雨中——艰苦的斗争中锻炼自己，不愿在平平静静的日子里度过自己的一生。"雷锋只有小学文化程度，但是在 22 年的短暂生命中却做出了那么大的成绩，成为全国人民学习的楷模，靠的就是锐意进取、自强不息的精神，积极向上的人生态度和百折不挠、勇往直前的奋进意志。他所取得的一切成绩，都离不开他个人的拼搏奋斗，他身上的拼搏精神是我们都应该学习的重要精神力量。

该拼时候必须拼

我们都曾面对过困难，

尝到了克服困难的苦和甜。

有些难关挺一挺就能过去，

有些却需要拼搏在困难的最前线。

该拼时候必须拼

雷锋参军入伍，

实现了从小就有的心愿。

可到了新兵训练考核时，

投弹却迟迟没有过关。

一是因为他力气太小，

二是因为他胳膊太短。

三十五米的及格标准，

对于雷锋显得格外艰难。

"做一个合格的军人，

绝不能以身体的条件为借口。"

该拼时候必须拼

雷锋几天拼命地苦练，

直练得胳膊肿痛肩膀胀酸。

越练却越投不远，

成绩还倒退咋办？

班长了解情况后说：

"训练要讲究科学，

可不能拼力气蛮干。

动作要标准到位，

还需要辅助训练。"

雷锋虚心请教细节，

开始了针对性攻关。

每天做几十个引体向上，

练前做深蹲跑跳和滚翻。

数九寒天的单杠，

冰冷刺骨如过电。

寒风凛冽的夜晚，

练完衣裤都透汗。

咬牙坚持了十几天，

雷锋考核通过了投弹。

该拼时候必须拼

雷锋所在的汽车运输连，

工作起来并不是那么简单。

那时的公路设施简易，

开车会遇到许多危险。

执行运送国防物资的任务，

雷锋带领车队闯过了许多难关。

一次奉命带领四班车队，

冒着风雪和极度的严寒。

行车来到一条江汊子，

洪水和塌方使前路中断。

乱石成堆，杂草丛生，

辨认不出行进的方向。

雷锋到高处观察完地形，

召集司机们下车商谈。

"路况不明不能硬闯，

请当地老乡指路才安全。"

老乡带领沿牛车走过的辙印，

开过荒草掩盖的干涸河滩，

再来到冰雪覆盖的山路，

上坡的冰面又成了困难。

该拼时候必须拼

任你把油门加到多大，

车轮只是在原地空转。

雷锋找干草铺在车下，

用铁镐在冰面凿出塄坎。

大家都推一辆汽车，

每个车轮都装上防滑链。

一辆接一辆开过了上坡，

来到了一处直角转弯。

左边是深深的山谷，

右边是高高的山岩。

天黑路滑的地段，

随时可能会跌进深渊。

雷锋紧握住刹车手柄，

助手掌握好方向盘。

两人合作把领头车开过去，

雷锋又下车走回了弯道边。

指挥着一辆辆车通过，

夜幕中的车队继续向前。

保障国防物资如期送达是职责，

坚决完成任务才是军人的荣耀。

该拼时候必须拼

新兵入伍的当年，

荣立三等功实为罕见。

洪水洗礼与烈火的考验，

记录了雷锋的突出表现。

1960 年夏季的一个傍晚，

宿舍的雷锋发现窗外的浓烟。

是工厂的厂房发生了火灾，

雷锋参加了灭火的大战。

眼看泼水压不住火势，

雷锋挥动笤帚拍打着火焰。

火苗很快窜到了房顶，

雷锋就跟着往房顶上爬。

好不容易灭掉了火灾，

雷锋衣服鞋子都被烧烂。

他的手也被烈火烧伤，

眉毛被烧得一根也不见。

该拼时候必须拼

雷锋正养伤的期间，

好多天抚顺暴雨连连。

连队接到了命令：

奔赴第一线抗洪抢险。

雷锋因手上的烧伤未好，

被安排留在了连队值班。

雷锋坚决不同意留下，

追赶队伍来到抗洪一线。

开挖泄洪道排水，

防止大坝被冲断。

雷锋挥锹在风雨中大干，

忘记了自己还是个伤员。

黏土块被雨水冲下，

雷锋被压趴后艰难站起。

洗掉身上的泥土，

手中的铁锹却不见。

雷锋就用双手挖泥，

直至皮破血流腿痛腰酸。

为了鼓舞大家的干劲儿，

雷锋在喇叭里高喊：

"轻伤我绝不下火线，

坚持到底才是英雄好汉。"

经过七天七夜连续奋战，

终于制伏了洪水的泛滥，

保住了水库的堤坝，

保住了坝下人民的安全。

火灾水灾中拼尽了全力，

雷锋经历了生死的考验。

该拼时候必须拼

为了人民有平静美好的生活，

必须有人做负重前行的奉献。

没有轻易赢得的胜利，

只有咬紧牙关的考验。

该拼的时候必须要拼搏，

急难险重面前不讲条件。

当祖国和人民需要的时候，

拼上一切也要冲锋向前。

第九章

进取精神篇
　　——接受平凡不平庸

雷锋精神内涵·进取精神

　　雷锋曾说："在我们前进的道路上，不可能不遇到一些暂时的困难，这些困难的实质，'纸老虎'而已。问题是我们见虎而逃呢，还是'遇虎而打'？'哪儿有困难就到哪儿去'——不但'遇虎而打'，而且进一步'找虎而打'。"这实际上是一种知难而进、迎难而上的进取精神。新时代学习雷锋锐意进取的精神，就是要紧跟时代步伐，坦然面对困难，欣然接受挑战，以顽强的意志、不懈的努力，为中国特色社会主义事业作出力所能及的贡献。

接受平凡不平庸

如果给我一对翅膀，

我就做那雄鹰搏击长空；

如果给我花的香气，

我就做那梅花傲立雪中；

如果让我这脚下生根，

我就长成一颗参天的苍松；

如果让我做一个机器零件，

我就做那永不生锈的螺丝钉。

因为我可以接受平凡，

但是我拒绝选择平庸。

接受平凡不平庸

雷锋接受到党的关怀，

如愿成为一名小学生。

求学过程却是一波三折，

学校要么停办要么合并，

不得已雷锋换了好几所。

有时拂晓就要赶往学校，

毕竟有十几里的路程。

放学还要去打草捡柴，

往往要摸黑回到家中。

尽管上学那样的艰苦，

但雷锋从未停止用功。

少先队第一批"种子"队员，

建队仪式上雷锋名字赫然在列。

后来又辗转到了荷叶坝小学，

雷锋才将小学学业顺利完成。

再苦再累都没有想过要辍学，

雷锋觉得求学才能成就人生。

接受平凡不平庸

回村的雷锋协助会计，

每天负责给社员们记工。

白天和大家一起下地干活，

晚上把工分记录准确工整。

"记工员"雷锋表现突出，

被抽调参加乡里的"秋征"。

雷锋出色完成了任务，

全靠他善于发动群众。

乡政府录用他做通信员，

传话送信、洒扫接访、电话接听。

雷锋的勤恳众人皆知，

县委决定调用这个后生。

为领导做好后勤服务，

为政府传达群众心声。

接受平凡不平庸

下乡村帮贫困农民解决温饱，

上工地参加突击队筑坝抗洪。

随身带书随时给自己"充电"，

随地读书随处可见他这只"书虫"。

读书自学提高了思想觉悟，

参加夜校补习了文化课程。

表现好成为了共青团员，

有成绩被授予模范美名。

几年的工作，十几岁的雷锋，

一步一脚印，一步步地提升。

接受平凡不平庸

做工人虽然很普通，

但雷锋能做到业绩出众。

在鞍钢一年多时间，

雷锋十八次被评为标兵，

三次被评为"先进工作者"，

五次被授予"红旗手"美称。

他是青年社会主义建设积极分子，

不断进取让他这个工人与众不同。

接受平凡不平庸

雷锋当兵两年多时间，

做过的好事难以数清。

当战士就当个"五好战士"，

做士兵实现"当班长"的提升。

经受考验成为共产党员，

晋升中士军衔十分光荣。

他应邀到各地做报告好几十场，

荣立一次二等功和两次三等功。

常发表文章的他是《解放军报》通讯员，

他还是军区"模范共青团员"和"节约标兵"。

当选抚顺市第四届人大代表，

他的发言代表了人民的心声。

接受平凡不平庸

他当选工兵团党代会代表，

展示出求上进火热的激情。

做军区团代会主席团成员，

大会上他发言后掌声如雷鸣。

他获评抚顺市优秀校外辅导员，

得到了团中央奖状表扬的光荣。

接受平凡不平庸

伟大都从平凡开始，

进取才不至于平庸。

雷锋的每一次进步，

都是他用努力铸成。

第十章

吃苦精神篇
——不惧吃苦要勤奋

第十章　吃苦精神篇——不惧吃苦要勤奋

雷锋精神内涵·吃苦精神

　　在雷锋的身上，鲜明地体现了艰苦奋斗的中华传统美德和中国共产党的优良传统。无论是面对学校交给他的打鼓任务，还是面对基建工作中的艰苦条件，他都不怕苦，不怕累，始终恪尽职守，认真负责地完成任务。雷锋说："不经风雨，长不成大树；不受百炼，难以成钢。"艰苦奋斗作为一种传统美德、时代精神、文明行为，应该成为人们推崇、追求的思想境界和行为方式。新时代学习雷锋的吃苦精神，就是要学会在暴风雨中锻炼自己，不被人生的艰难困苦打败，要锻造自己坚强的意志，让自己不断变得强大起来。

不惧吃苦要勤奋

如果要成为一把宝剑,

就得要经受锻打磨炼。

如果要像梅花般绽放,

就得要经受严冬苦寒。

思想需要实践做基石,

实践需要经验做地砖,

经验需要勤奋做台阶,

勤奋需要吃苦做门槛。

不惧吃苦要勤奋

雷锋是学校第一批少先队员，

是学校少先队活动的骨干。

大鼓手只有一名，

雷锋通过了竞选。

学校穷买大鼓实在是不易，

雷锋把大鼓爱护成"宝贝蛋"。

有一次去杨林小学联欢，

半路一阵雨来得很突然。

雷锋脱下衣服将鼓包好，

他说鼓皮怕潮湿淋雨就烂。

去鹧鸪塘小学活动那天，

一个小同学看大鼓稀罕。

拿木棍朝大鼓鼓面戳去，

雷锋扑上去护住鼓面。

背部被戳中留下血痕，

他却说不疼，鼓没破就好。

不惧吃苦要勤奋

"六一"儿童节前的队日，

学校队员去长沙烈士公园。

同学们要步行十几公里，

雷锋打大鼓走在最前面。

半路上雷锋衣服都湿透，

他依然把大鼓背在胸前。

辅导员发现他满头大汗，

就劝说找同学跟他替换。

雷锋说："打鼓是我领下的任务，

再苦再累也应该由我来干完。"

就这样不怕苦的大鼓鼓手，

咬着牙履行了自己的诺言。

不惧吃苦要勤奋

1959 年鞍钢要扩产，

雷锋写申请要参加基建。

到了弓长岭下车一看，

这里是一片野岭荒山。

住的是简易工棚大铺，

吃的是露天灶台做饭。

白天要打地基、抬大筐、

和泥、砌墙、抬石头、搬砖。

晚上常常没水洗脸洗澡，

黑灯瞎火什么也看不见。

有人总结出十个方面，

弓长岭哪哪都不如鞍山。

有人问雷锋是否后悔，

雷锋说："我是共青团员。

建厂的苦总得有人来吃，

再苦再难也得要人干。

我们年轻人不吃这苦，

难道让老工人来替咱？

再苦也没我小时候苦，

只当是一次难得的锻炼。"

不惧吃苦要勤奋

冬天土草水砂都结冰上冻，

和泥巴黏工具进度就很慢。

雷锋干脆用赤脚和泥，

腿发酸脚发软他毫无怨言。

建厂初期的焦化厂工人太少，

工作任务往往会分派不完。

雷锋就一个人顶两个人用，

每天十几小时坚守在岗位。

不惧吃苦要勤奋

1960 年初夏一个星期天，

雷锋因为着凉去了卫生连。

回来路过学校的工地，

只听见高音喇叭在喊：

"砌墙的师傅干得很快，

运砖的同志赶快点运砖。"

看大家都干得热火朝天，

雷锋直看得来了精神。

他忘记了自己在生病，

找来辆车就开始推砖。

工地上大家干劲满满，

雷锋直累得浑身大汗。

义务劳动直干到傍晚，

雷锋才赶回到连队吃晚餐。

不惧吃苦要勤奋

解放前雷锋被迫吃苦，

解放后雷锋忆苦思甜。

上学时他刻苦学习，

工作后他勤奋向前。

人生的每一次进步，

都要用勤奋做铺垫。

像雷锋那样不怕吃苦，

历经艰辛才能百炼成钢。

第十一章

敬业精神篇
——爱岗敬业成大器

雷锋精神内涵·敬业精神

　　雷锋面对工作，不管在什么岗位，不管做什么，他都想着做得更好。无论是多么平凡的岗位，他都勤勉对待，不曾轻视，始终保持热爱，将其做到极致，在平凡岗位上创造了不平凡，总是做到干一行热爱一行，干一行精通一行。他对自己提出高标准、严要求，时时"不待扬鞭自奋蹄"。新时代学习雷锋的敬业精神，就是要做到立足本职、忠于职守、兢兢业业、精益求精。

爱岗敬业成大器

一个人做什么并不重要,

重要的是能否做到热爱。

做什么都要对得起自己的身份,

每个人都应努力有出色的表现。

像雷锋那样做什么都兢兢业业,

在平凡岗位上也要让业绩不凡。

爱岗敬业成大器

在县委当公务员期间，

雷锋工作上特别勤勉。

热情接访每个群众，

及时传送机要文件。

开会前摆桌椅倒茶水，

开会后搞卫生到很晚。

县里通知他陪书记下乡，

听说途经的谷山有老虎出现。

想着要保证路途的安全，

雷锋到半夜都没能合眼。

干脆起身到谷山去探路，

一个人来回几十里走完。

返回到县委天刚刚放亮，

没遇见老虎却练就了虎胆。

爱岗敬业成大器

作为一名运输连汽车兵，

驾车的技术必须要过关。

雷锋经过勤学苦练，

驾驶技术很不一般。

节油是所有司机的难题，

每月要评比节油的模范。

谁都不愿意去开十三号车，

"耗油大王"能吓倒全连。

"别人不开我来开！"

烫手的山芋雷锋包揽。

车子的问题就在细节中，

有空就逐个细节地排查，

查资料做试验寻找根源。

一天一天又一天过去，

终于有了惊人的发现——

是因为化油器油针太粗，

想办法调整后耗油量大减。

攻克掉多年的"油耗子"难关，

那月起他总是节油的模范。

爱岗敬业成大器

为当好四班的班长，

雷锋设法做好工作的方方面面。

整理行车的路况记录，

标记好坡、弯、桥、沟、转盘。

制定安全措施的口诀：

"三先""四勤""五不超""六不走""九慢"。

两万六千公里行车零事故，

四班荣获"出车安全先进班"。

爱岗敬业成大器

雷锋是两所小学的校外辅导员，

工作之余就把辅导员义务承担。

赶上队日或集体活动，

他都戴红领巾出现在同学们面前。

亲切的笑容像冬日暖阳，

耐心的教导如春风拂面。

他策划开展"三件宝"活动，

"储蓄箱""聚宝盆""针线包"出现在校园。

同学们开始把零花钱积攒，

将铅笔头、螺丝钉收集分拣。

有同学见雷锋破旧的袜子，

"这么多补丁怎么能穿？"

雷锋就讲劳动人民的美德，

讲起勤俭节约的良好习惯。

"新三年，旧三年，

缝缝补补又三年。"

其实大家都还不知道，

雷锋的袜子补十八次穿了五年。

同学们也学他缝补衣物，

大家都开始崇尚节俭。

爱岗敬业成大器

教室的玻璃窗被打碎，

临时被钉上了木板。

重装玻璃拆下木板时，

取出的钉子又旧又弯。

同学们随手扔到地上，

雷锋却弯腰一颗颗拾捡。

"弯成这样留它何用？"

"锤直它就能用，看多简单。"

同学们亲眼见变废为宝，

明白了该怎样节约资源。

为"特困生"买书写下赠言，

为"捣蛋鬼"讲道理争取转变。

为做好思想教育在两校奔走，

为解除同学间矛盾两边规劝。

工作好被评为"市级优秀辅导员"，

团中央发奖状表扬他的突出表现。

223

爱岗敬业成大器

敬业是对工作学习的态度，

也是有成绩有建树的源泉。

什么职业都能成为"状元"，

什么岗位都能把梦想实现。

只要像雷锋有敬业精神，

人生就都会辉煌灿烂。

无论你现在多普通多平凡，

敬业的你道路会越走越宽。

第十二章

乐观精神篇
——我们要笑对人生

雷锋精神内涵·乐观精神

　　雷锋是一个共产党员，也是一个乐观主义者。他说："我觉得人生在世，只有勤劳，发奋图强，用自己的双手创造财富，为人类的解放事业——共产主义贡献自己的一切，这才是幸福的。"他总是很少考虑自己，多为他人着想，走到哪里，把好事做到哪里，无私奉献到哪里。无论环境和条件多么艰苦，他都始终保持坚定的、远大的共产主义理想信念，保持着对未来生活的美好憧憬。雷锋的乐观精神，就是设身处地地替他人着想，以自己的一颗爱心，把自己的一切，毫无保留地奉献给人民，奉献给伟大的共产主义事业。我们要像雷锋一样始终保持一种乐观精神，抱着对未来的必胜信心，勇敢地面对困难，想方设法攻坚克难。

我们要笑对人生

要说雷锋的个人名片，

就是他那亲切的笑容。

谁都愿意接受他的帮助，

看见他信任感就油然而生，

帮助人让他由衷地快乐，

做奉献让他真诚地高兴。

他那积极乐观的心态，

总让人感觉如沐春风。

我们要笑对人生

雷锋虽然是个孤儿，

但他从没抱怨过家庭。

自哀自叹又有何用？

没必要总叹息老天的不公。

过去的苦难就让它过去，

命运要紧握在自己手中。

他有个外号叫"浮头鱼"，

因为什么活动都有他的身影。

唱歌、跳舞、演讲、体育、

扫盲班、腰鼓队、诗朗诵……

我们要笑对人生

干什么他总是积极主动，

爱冒泡最活跃他很出名。

演节目时他尝试男扮女装，

在科研组他组装收音机听。

尽管他没有家庭的温暖，

没有爸妈的鼓励和心疼。

但他总像一团欢快的火苗，

到哪里都有他愉快的笑声。

我们要笑对人生

小学毕业他报考望城一中，

也本想在学业上学有所成。

但学校离家很远必须住校，

食宿费没着落计划就落空。

收留他的堂叔家特别贫困，

找政府添麻烦他觉得不行。

被迫辍学他并不自暴自弃，

毕业典礼上他宣布自己的决定：

"我决定留在农村广阔天地，

我要做'好农民'务农。

将来如果祖国需要，

我就做个'好工人'做工。

将来如果祖国需要，

我就做个'好战士'冲锋。"

遇坎坷他仍旧心怀梦想，

对未来他总抱美好憧憬。

我们要笑对人生

1959 年冬天的弓长岭，

几十人奋战于天寒地冻。

打地基的石头靠大家去捡，

捡光附近的石头还不够用。

雷锋发现山下河里有石头，

大家伙儿高兴得又跳又蹦。

拿铁钩捞石头捞不上来，

雷锋就直接下到河水中。

一手捞起一块石头，

再转身往岸上一扔。

这石头又大又结实，

被河水冲洗得特别干净。

大家都嫌河水刺骨般冰冷，

雷锋却在河里传来了笑声：

"摸鱼喽，摸到大鱼喽，

这条大鱼好几斤重。"

大家都被他的话逗乐，

纷纷脱鞋参加"摸鱼"活动。

遇困难他总是积极乐观，

对事业他饱含战斗激情。

我们要笑对人生

一心想参军的雷锋，

早早就递交了申请。

体检没达到合格标准，

档案又弄得无影无踪，

好不容易候补入伍，

投弹又成训练"瓶颈"……

克服了重重困难，

终于能圆从军梦。

为演出队苦练节目，

却因为方言口音被临时除名。

为送大娘找到儿子家，

却因为晚归队受到领导批评。

面对困难、挫折、委屈、失败……

他总能调节好自己的心情。

他总保持昂扬向上的斗志，

他相信风雨后一定有彩虹。

我们要笑对人生

哪能够事事都称心如意，

哪能有一帆风顺的人生。

经历坎坷的雷锋，

波折中总那么热血沸腾。

学习、工作、生活中，

到处是雷锋快乐的身影。

人们忘不了影像里年轻的面孔，

还有他留给人世间的永恒笑容。

第十三章

节约精神篇
——节约需要你我他

雷锋精神内涵·节约精神

在雷锋的身上，鲜明地体现了勤俭节约的中华传统美德和中国共产党的优良传统。雷锋的节约精神，主要体现在他能省则省，克己奉公。他说："我们是国家的主人，应该处处为国家着想，事事要精打细算，不能今朝有酒今朝醉，明日愁来明日忧。我们要发愤图强，自力更生，克服当前存在的暂时困难。"按照当时的物价水平，雷锋的工资收入并不低，但他没有贪图享受，在物质生活方面追求并不高，反而将节省下来的钱都用在帮助他人和支援国家建设上。新时代学习雷锋的节约精神，就是要牢固树立节约意识，反对浪费，提倡变废为宝，形成勤俭节约的良好风尚。

节约需要你我他

无论贫穷还是富有，

谁都要有节约观念。

人类不断向自然索取，

可资源总量毕竟有限。

浪费是一种恶行，

节约是一种行善。

别看省下一丁点儿毫不起眼，

成果积累起来就令人震撼。

节约需要你我他

那年辽阳遭遇了水灾，

雷锋拿出一百元捐款。

战士每月才发六元津贴，

雷锋怎么省下这么多钱？

每月津贴发放下来，

他预留团费一角不变。

再留两角买肥皂牙膏，

留下买书等的几角零钱。

其余五元都存入银行，

花每分钱都精打细算。

夏天热舍不得喝瓶汽水，

冬天冷破袜子补补再穿。

到夏季部队发军装两套，

雷锋只领一套就说够穿。

为部队省下一套军装，

为国家节约一些资源。

节约需要你我他

工程兵运输建筑物资，

水泥常洒落汽车厢板。

雷锋就准备扫帚和簸箕，

卸完车慢慢扫不嫌麻烦。

然后都倒进旧油桶里，

后来战友们称量计算——

居然收集了上千斤的水泥，

日积月累的效果真不简单！

节约是一种美好的思想观念，

靠的就是日常的细心与坚持。

节约需要你我他

雷锋用几块旧木板，

钉个箱子放在房间。

写上"节约箱"三个字，

废旧物品都放里边。

你放进去废牙膏皮，

他放进去破损开关。

螺丝、铁钉、电线、

铁丝、钢珠、水管……

等到修东西找材料时，

"节约箱"成"百宝箱"，

配件真的很齐全。

用不上的废品分类卖掉，

卖的钱都上交作为公款。

节约需要你我他

军区工程兵开运动会，

盛夏的天气赤日炎炎。

雷锋参赛双杠成绩突出，

获得了称号"三级运动员"。

参加完拔河和体操比赛，

大家都渴得嗓子眼冒烟。

赛场边的小商店有汽水卖，

又凉爽又解暑每瓶一毛多钱。

大家都纷纷买汽水来解渴，

雷锋也想奖励下自己解馋。

掏出钱之后又放回兜里，

拧开水龙头就往嘴里灌。

战友问："这么热咋不喝汽水？"

雷锋说："有水喝都一样方便。"

"你没家人省下钱要留给谁用？"

"我有家人，国家几亿人都是我家人。"

"六亿人这点儿钱又够干什么？"

"六亿人都节约那就很不简单。

如果每人每天节约一角钱，

一年省下多少你自己算算。

党中央号召艰苦奋斗，

国家还面临许多困难。

节约要从每个人做起，

都齐心才能渡过难关。"

战友们听得心服口服，

纷纷争做节约的模范。

节约需要你我他

连队给雷锋办了一个展览，

展品中"节约箱"最为显眼。

兄弟连战友纷纷来参观，

小学生也排着队过来看。

"节约箱"很快到处流行，

反浪费倡节约越来越普遍。

团党委做出了决定：

把"节约标兵"雷锋好好宣传。

报纸大力介绍他的节约事迹，

各地都接二连三请他做报告。

一时间雷锋成了最佳榜样，

人们都学习他节约的习惯。

向雷鋒同志學習!

节约需要你我他

节约不是说不让花钱，

节约是把钱花在刀尖。

在县委雷锋月薪二十几块，

农场买拖拉机他捐款二十元。

全县他不是第一有钱，

但他捐款额全县夺冠。

在鞍钢时月工资二十二元，

雷锋的袜子补满补丁还穿。

工友刘大兴家要五十元救急，

可是他手头紧拿不出那些钱。

雷锋就贡献自己三十元，

陪他去邮局给老家汇款。

工友王大修弄丢了钱包，

没粮票没有钱去吃饭，

雷锋就主动伸出援手，

八斤粮票十元钱帮他解决了困难。

小学生王文阁特别爱读书，

家里穷买不起书实在难办。

雷锋就买好书送给孩子，

鼓励他多读书先苦后甜。

节约需要你我他

做物质上的“赤贫者”并不可怕，

可怕的是沦为精神上的“穷光蛋”。

不管自己富有或是贫穷，

都不能浪费公共的资源。

每个人可以从点滴做起，

来养成自觉节约的习惯。

雷锋节约的精神是学习的榜样，

雷锋光辉的事迹是永远的典范。

后记

　　一个普通人，做一些平凡事，完全可以成就辉煌的人生，雷锋就是最好的例证。他用短暂的一生谱写出壮丽的人生诗篇，向世界展现出朴素而伟大的精神，这种雷锋精神激励了一代又一代人。

　　雷锋精神是第一批纳入"中国共产党人精神谱系"的伟大精神。我作为一名共产党员、一个从教三十多年的教育工作者，一直致力于做好青少年思想教育工作，落实立德树人根本任务。在纪念"向雷锋同志学习"号召发出六十周年之际，我把对雷锋精神的理解用叙事诗的形式表现出来，并有幸出版成书，就是希望广大青少年能够从多个方面理解雷锋精神的内涵，从诗歌中汲取更多积极向上的精神力量。希望这本书能为更多学校弘扬雷锋精神提供参考，以便于把学习雷锋精神作为学校思政课和校园文化建设的重要内容。

　　时代在发展，社会在进步，雷锋精神也历久弥新。我们每个人都能从雷锋精神里获得人生智慧。弘扬雷锋精神能够让我们的社会更和谐，也能够让我们每个人更幸福，更充实，更强大。

　　想要学好雷锋精神并不容易，我们应当深入地理解，并坚定地实践它。我们要像雷锋那样把自己的人生理想和祖国的建设发展紧密联系起来，把自己的一生都投入到祖国社会主义建设大业中去。像雷锋那样感党恩、听党话、跟党走，始终怀着对党的无限忠诚和无比热爱。把时间和精力都用在学习提高为人民服务的本领上，随时随地为他人服务，不过分计较个人得失。我们要像雷锋那样把帮助别人当作自己的快乐，热心帮助每一个需要帮助的人。学习雷锋做好事不留名，不求回报，真心实意无私奉献的精神，这样我们也会收获充实的人生。

　　我们每个人自然地处在社会不同的岗位，其实"干什么"或许并没那么重要，重要的是"怎样干"以至于"干得怎么样"。雷锋用自身经历告诉我们：高度自律的敬业精神对于学业和事业的成功至关重要。我们要像雷锋那样服从工作需要，少为自己的私利考虑，多为全局的工作着想，做一个有大格局的人。像雷锋那样做好时间管理，把每分每秒都花在有意义的事情上。靠拼搏奋斗战胜一切困难，为了成功即使拼尽全力也应坚持到底。相信有理想、有追求、有进取心才会有进步，才能够实现自我价值，才不至于碌碌无为。

虽然我们的生存环境和生活条件比雷锋那时好了很多，但是我们仍然需要像雷锋那样勤俭朴素，不乱花钱，克己奉公。就算生活条件再好，也没有理由浪费资源。雷锋从小树立的三个理想都一一实现了，他的生活越来越幸福，一切都离不开他积极向上的心态，斗志昂扬的激情，百折不挠的精神。我们要学习他，做到既能仰望星空，又要脚踏实地。

遭遇困难要积极求解，面对未来要充满信心，对他人要主动热情。学习雷锋这些对人对事的态度，可以提升我们的道德修养，陶冶我们的性情品味，不抱怨，不"躺平"，不"摆烂"，让自己每一天都有进步，每一步都有提升，这样的人生才是有意义的。

雷锋精神给我们许多人生启迪，学习雷锋精神会让我们内心越来越充实。现实告诉我们：无论多么优厚的物质生活都难以弥补精神世界的空虚。学习雷锋精神，能让我们的精神世界更加充实而丰饶。将雷锋精神传递给孩子们，会让他们受益无尽，开创出更美好的未来。

李俊

二〇二三年三月

图书在版编目（CIP）数据

雷锋精神诗画赞 / 李俊著；董建伟绘. — 北京：北京联合出版公司，2023.3

ISBN 978-7-5596-6768-7

Ⅰ.①雷… Ⅱ.①李… ②董… Ⅲ.①诗集—中国—当代 Ⅳ.①I227

中国国家版本馆 CIP 数据核字(2023)第 037848 号

雷锋精神诗画赞
LEIFENG JINGSHEN SHIHUA ZAN

作　　者：李　俊
绘　　者：董建伟
出 品 人：赵红仕
选题策划：云画星空传媒
特约策划：竞　赢
责任编辑：李艳芬
执行编辑：马秀花　王雨婧
美术编辑：贾　晶

北京联合出版公司出版

（北京市西城区德外大街 83 号楼 9 层　100088）

大厂回族自治县德诚印务有限公司印刷　新华书店经销

字数 95 千字　787mm×1092mm　1/16　18 印张

2023 年 3 月第 1 版　2023 年 3 月第 1 次印刷

ISBN 978-7-5596-6768-7

定价：52.80 元